Nota para los padres y encargados:

Los libros de *Read-it! Readers* son para niños que se inician en el maravilloso camino de la lectura. Estos hermosos libros fomentan la adquisición de destrezas de lectura y el amor a los libros.

 El NIVEL MORADO presenta temas y objetos básicos con palabras de alta frecuencia y patrones de lenguaje sencillos.

 El NIVEL ROJO presenta temas conocidos con palabras comunes y oraciones de patrones repetitivos.

 El NIVEL AZUL presenta nuevas ideas con un vocabulario más amplio y una estructura gramatical más variada.

 El NIVEL AMARILLO presenta ideas más elevadas, un vocabulario extenso y una amplia variedad en la estructura de las oraciones.

 El NIVEL VERDE presenta ideas más complejas, un vocabulario más variado y estructuras del lenguaje más extensas.

 El NIVEL ANARANJADO presenta una amplia de ideas y conceptos con vocabulario más elevado y estructuras gramaticales complejas.

Al leerle un libro a su pequeño, hágalo con calma y pause a menudo para hablar acerca de las ilustraciones. Pídale que pase las páginas y que señale los dibujos y las palabras conocidas. No olvide volverle a leer los cuentos o las partes de los cuentos que más le gusten.

No hay una forma correcta o incorrecta de compartir un libro con los niños. Saque el tiempo para leer con su niña o niño y transmítale así el legado de la lectura.

Adria F. Klein, Ph.D.
Profesora emérita, California State University
San Bernardino, California

Managing Editors: Bob Temple, Catherine Neitge
Creative Director: Terri Foley
Editor: Jerry Ruff
Editorial Adviser: Mary Lindeen
Designer: Melissa Kes
Page production: Picture Window Books
The illustrations in this book were created digitally.
Translation and page production: Spanish Educational Publishing, Ltd.
Spanish project management: Jennifer Gillis/Haw River Editorial

Picture Window Books
5115 Excelsior Boulevard
Suite 232
Minneapolis, MN 55416
877-845-8392
www.picturewindowbooks.com

Printed in the United States of America.

Library of Congress Cataloging-in-Publication Data
Blair, Eric.
[Sleeping Beauty. Spanish]
La bella durmiente : versión del cuento de los hermanos Grimm / por Eric Blair ;
ilustrado por Todd Ouren ; traducción, Patricia Abello.
p. cm. — (Read-it! readers)
Summary: Enraged at not being invited to the princess's christening, a wicked fairy
casts a spell that dooms the princess to sleep for one hundred years.
ISBN 1-4048-1639-9 (hard cover)
[1. Fairy tales. 2. Folklore—Germany. 3. Spanish language materials.]
I. Ouren, Todd, ill. II. Abello, Patricia. III. Grimm, Jacob, 1785-1863.
IV. Grimm, Wilhelm, 1786-1859. V. Sleeping Beauty. Spanish. VI. Title.
VII. Series.

PZ74 .B4257
398.2—dc22
[E]   2005023482

La bella durmiente

Versión del cuento de los hermanos Grimm

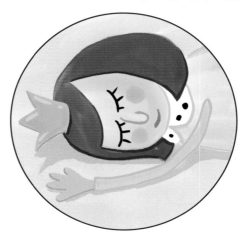

por Eric Blair
ilustrado por Todd Ouren

Traducción: Patricia Abello

Con agradecimientos especiales a nuestras asesoras:

Adria F. Klein, Ph.D.
Profesora emérita, California State University
San Bernardino, California

Kathy Baxter, M.A.
Ex Coordinadora de Servicios Infantiles
Anoka County (Minnesota) Library

Susan Kesselring, M.A.
Alfabetizadora
Rosemount-Apple Valley-Eagan (Minnesota) School District

PiCTURE WiNDOW BOOKS
Minneapolis, Minnesota

Había una vez una reina y un rey
que no tenían hijos.

¡Cómo quisiera tener niños!
—le dijo el rey a la reina.

Al año, la reina tuvo una linda niña.
Todos la llamaban Bella.

El rey dio una gran fiesta e invitó
a todos sus conocidos.

A la fiesta fueron doce hadas.
En realidad, en el reino había trece
hadas. Una de las hadas era
mala, así que no la invitaron.

Cuando la fiesta iba a terminar, cada una de las doce hadas le regaló a Bella un don. —Serás la princesa más bella del mundo —dijo una.

Otra hada se acercó y dijo:

—Serás la princesa más
lista del mundo.

Las hadas le regalaron a la princesa
todo lo que se puede desear.

Después de que once de las hadas le dieron su regalo a Bella, apareció el hada mala. Estaba furiosa porque no la invitaron a la fiesta.

El hada mala le hizo un hechizo a
Bella. —He aquí mi regalo —dijo—.
Cuando tengas quince años, te
pincharás con un huso y morirás.
Diciendo esto, el hada mala se fue.

Todos estaban asustados. Pero aún faltaba un hada por darle un regalo a Bella.

—No puedo deshacer el hechizo por completo —dijo el hada—. Pero Bella no morirá. Sólo dormirá. En cien años, llegará un príncipe y la despertará.

El rey quería proteger a Bella.
Ordenó destruir todos los husos
del reino.

Bella creció con todos los dones de las hadas. Era inteligente, bonita, dulce y buena. Todos la querían.

Un día, cuando tenía quince años,
Bella se quedó sola en el palacio.
Subió las escaleras de una vieja
torre y halló a una anciana hilando.

—¿Qué está haciendo, querida señora? —preguntó Bella.

—Estoy hilando —dijo la anciana—. ¿Quieres hacerlo?

La anciana era el hada mala.
Tan pronto Bella tocó el huso,
le pinchó el dedo. La chica cayó
en un profundo sueño.

En ese momento, el sueño se apoderó de todos en palacio: caballeros, damas, guardias, lacayos, pajes, mozos, criadas y cocineros. Cuando el rey y la reina regresaron, también se durmieron.

Alrededor del palacio creció una cerca de espinas. Era imposible entrar. Muchos príncipes oyeron la historia de Bella y trataron de entrar. Pero ninguno pudo.

A los cien años, llegó otro príncipe
al reino de Bella. Un anciano le contó
la historia de la princesa que dormía
en el palacio tras la cerca de espinas.

El príncipe dijo: —Yo no tengo miedo. Entraré y la despertaré.

Cuando el príncipe llegó a la cerca de espinas, éstas se volvieron hermosas flores. La cerca se abrió. Tan pronto como entró, la cerca volvió a llenarse de espinas y se cerró.

El príncipe entró al palacio y halló
al rey y a la reina dormidos.

Halló a los caballeros, damas, guardias, lacayos, pajes, mozos, criadas y cocineros dormidos.

Por último, el príncipe llegó a la torre. Subió las escaleras y entró al cuarto donde dormía Bella.

Al instante de ver a Bella, el príncipe
se enamoró de ella. Se arrodilló y
la besó suavemente en sus labios
de rubí. En ese momento, el hechizo
se deshizo.

Bella se despertó. Miró dulcemente al príncipe y dijo: —¿Eres tú, mi príncipe? Te esperaba desde hace mucho tiempo.

Todos los demás despertaron. La cerca de espinas desapareció. Bella y el príncipe se casaron ese mismo día y vivieron felices para siempre.

Más *Read-it! Readers*

Con ilustraciones vívidas y cuentos divertidos da gusto practicar la lectura. Busca más libros a tu nivel.

CUENTOS DE HADAS Y FÁBULAS

La Bella y la Bestia	1-4048-1626-7
Blanca Nieves	1-4048-1640-2
El cascabel del gato	1-4048-1615-1
Los duendes zapateros	1-4048-1638-0
El flautista de Hamelín	1-4048-1651-8
El gato con botas	1-4048-1635-6
Hansel y Gretel	1-4048-1632-1
El léon y el ratón	1-4048-1623-2
El lobo y los siete cabritos	1-4048-1645-3
Los músicos de Bremen	1-4048-1628-3
El patito feo	1-4048-1644-5
El pescador y su mujer	1-4048-1630-5
La princesa del guisante	1-4048-1634-8
El príncipe encantado	1-4048-1631-3
Pulgarcita	1-4048-1642-9
Pulgarcito	1-4048-1643-7
Rapunzel	1-4048-1636-4
Rumpelstiltskin	1-4048-1637-2
La sirenita	1-4048-1633-X
El soldadito de plomo	1-4048-1641-0
El traje nuevo del emperador	1-4048-1629-1

¿Buscas un título o un nivel específico? La lista completa de *Read-it! Readers* está en nuestro Web site: *www.picturewindowbooks.com*